中国美术学院精品课程教材

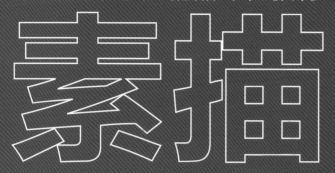

人物·创意表现

胡良勇　王晓明　谷　丛　主编
吴　方　王晓明　著

中国美术学院出版社

编　　委：曹立伟　杨　弢　张　铨　施乐群
　　　　　王建伟　谭小妮　刘　妍　蒋　梁
　　　　　古　榕　陈超历　于　朕　马旭东
　　　　　张剑锋

责任编辑：徐新红
装帧设计：徐新红
责任校对：钱锦生
责任出版：葛炜光

图书在版编目（ＣＩＰ）数据

素描 ／ 胡良勇，王晓明，谷丛主编. —杭州 ：中
国美术学院出版社，2010.12
　中国美术学院精品课程教材
　ISBN 978-7-5503-0035-4

　Ⅰ．①素… Ⅱ．①胡… ②王… ③谷… Ⅲ．①素描-
技法（美术）-高等学校-教材　Ⅳ．①J214

　中国版本图书馆CIP数据核字（2010）第234339号

素描——人物·创意表现

胡良勇　王晓明　谷　丛　主编
吴　方　王晓明　著

出 品 人：傅新生
出版发行：中国美术学院出版社
地　　址：中国·杭州南山路218号／邮政编码：310002
网　　址：www.caapress.com
经　　销：全国新华书店
制　　版：杭州东印制版有限公司
印　　刷：浙江海虹彩色印务有限公司
版　　次：2011年1月第1版
印　　次：2011年1月第1次印刷
开　　本：889mm×1194mm　1／16
印　　张：7.5
印　　数：0001—3000
ISBN　978-7-5503-0035-4
定　　价：36.00元

目 录

作者简介

　　王晓明，现任中国美术学院专业基础教学部图像与媒体分部主任，副教授，硕士研究生导师。长期从事美术造型基础教学与研究工作，负责中国美术学院传媒动画学院、跨媒体学院的动画、网络游戏、影视、跨媒体艺术研究等所有专业的造型基础教学与管理。2008年参与的课程《动画与媒体艺术素描基础》获得浙江省精品课程立项，2/7；2008年《图像与媒体素描课程》获中国美术学院教学成果三等奖；2009年主持的《图像与媒体素描课程改革》获得浙江省新世纪教学改革项目立项，主持的《动画与媒体艺术色彩基础》获得中国美术学院精品课程立项；2010年主持的《动画与媒体艺术造型基础》获得浙江省重点教材立项，参与《杭州公共自行车造型美学与"公共性"功能的调查研究》获浙江省社科联民生调研专项重点课题研究立项，3/3。

　　吴方，现任中国美术学院专业基础教学部图像与媒体分部素描与色彩教研室主任，讲师。长期从事美术造型基础教学与研究工作，在图像与媒体素描教学过程中积累了丰富的符合动画与媒体艺术发展方向的教学经验。参与了浙江省精品课程《动画与媒体艺术素描基础》、浙江省新世纪教学改革项目《图像与媒体素描课程改革》、浙江省重点教材《动画与媒体艺术造型基础》的立项与建设。

一、图像与媒体素描基础课程的背景

　　传统造型学科的基础素描教学体系有着深厚的传统与历史，一直影响着中国美术教育的基础教学，并在中国美术的发展进程中作出了巨大的贡献。素描基础作为美术教育专业的首要基础，是国内各美术院校所有专业造型基础教学的普遍选择。中国美术教育的专业基础离不开素描课程的教学与训练，写实模式的写生素描课程作为我们传统基础造型训练的一个重要的手段和环节，是提高学生扎实造型能力的必要手段。

　　延续半个多世纪的传统造型学科的素描训练模式，在今天我们的实际教学中，无论是课程的设置和内容，或者在训练的方式手段和呈现的面貌上，整体大致仍是相同的。在这种素描教育体系下形成的造型能力的基础标准，基本是与我国美术教育的传统造型学科如国画、油画、版画、雕塑等等专业的基础需要相适应的。

　　然而，在社会不断进步发展的今天，在当代艺术语境日益丰富与多元发展的现在，在众多新兴产业催生下的新专业面前，原有的传统造型学科的素描训练模式是否依然适用于新兴艺术专业——如动漫、影视、媒体等所有类型的造型基础训练需要？答案显然是否定的。中国动漫、媒体产业与教育的蓬勃发展，恰恰正急需有与之专业发展方向相适应的素描基础训练课程体系的探索、建立与完善，而传统造型学科的素描训练模式已经不能满足和适应这些新兴专业的素描基础需要。在这种情况下，如果我们仍自觉或不自觉地以传统造型学科的素描教学观念方式，一成不变地应对今天所有的新兴艺术专业，这将是一种不负责任的行为。如何在素描"大基础"的理念下，顺应时代发展需要，寻找和探索一种建立在传统造型学科的素描教学基础之上的，但又更符合图像与媒体艺术专业需要的基础素描教学方向与理念，是很有必要的。

二、探索和建立针对图像与媒体专业的 人物素描基础课程的重要性

今天的中国，正处在社会不断进步、文化迅猛发展的时代，尤其是动漫、媒体艺术产业的飞速发展，国内建立了数个国家级动漫基地，各高等院校大都建立了与动漫相关的新专业，动漫、影视、网游制作机构和公司纷纷成立。这一切急需相当数量具备专业技能的人才支撑。而目前的现状大体是：国内图像与媒体艺术专业基础素描教学观念滞后，更多地只是被动地延续传统造型学科的素描教学体系与方法观念，同时缺乏科学、严谨、规范、合理的教学系统和具有丰富经验的师资力量。这与图像与媒体艺术领域日益发展的要求不相符合。传统造型学科素描教学缺乏图像与媒体艺术专业发展的独特性要求以及造型训练的系统性安排，严重影响和制约了动漫、媒体艺术专业人才的造型基础能力的培养。

图像与媒体艺术专业需要什么样的人物素描基础呢？

基本的概括可以这么认为，它不仅需要学生具备常规的长期的全因素的素描塑造能力，同时更需要学生在了解和掌握人物基本解剖结构与人物基本运动规律的知识后，具备快速、准确、生动地捕捉对象和描写、刻画对象的能力，具备在一定默写状态下对主观人物进行自由表现的基本功，具备对人物三维多角度动作和运动姿态的想象和默画能力，等等。

针对这一素描基础的训练，它既不能仅仅依靠传统造型学科的素描教学的方法观念去作全因素的长期作业素描训练，也不是仅仅为了快而训练速写就可以达成的。因为习惯上传统造型学科的素描教学和速写训练更多地强调在理解和准确把握之后的个体艺术潜质的显现。而图像与媒体艺术专业的人物素描基础不仅需要以上传统的基础要求，更需要一种对人物解剖结构和运动规律"通""熟"之后的直观简洁，"快""准"地把握及想象创意默画的能力体现。

那么，它的教学思路、教学方式、教学途径等都应有更为拓展的理念和更为科学有效的变化。

所以，为了顺应社会发展的需要，更好地服务于动漫、媒体艺术等新兴专业方向的素描基础需要，从真正意义上为中国动漫、媒体艺术专业培养具有扎实专业基础与技能的优秀人才，对动漫、媒体艺术等新兴专业的人物素描基础课程进行探索和改革，在今天就显得尤其重要。

三、图像与媒体人物素描基础课程的教学理念与思路

    中国美术学院基础教学部图像与媒体分部是顺应时代发展需要，在中国美术学院二段制教学模式的理念下成立的，是应对传媒动画学院及跨媒体艺术学院等新兴专业系科一年级学生基础教学需要的部门。

    图像与媒体素描基础课程是以中国美术学院"宽口径、厚基础"的基础教学指导方针与"大基础"的基础教学为目标，在传统造型学科的素描教学体系的基础上，注重顺应时代的要求和动漫、媒体艺术的发展规律，积极努力探索出一整套符合动漫、媒体艺术等新兴专业方向的造型基础素描课程。

    整个图像与媒体素描课程是以素描形式语言课程为总领，以人物的内在结构和运动的规律的研习和慢写、快写为教学重点，以景、境、物的写生和主观创意素描表现为教学的补充和延伸拓展训练。强调基础规律知识的理解、掌握与在写生实践中运用能力的训练。强调相对短期，简洁直观呈现的写生训练，而不过于强调长期的全因素的素描习作的训练，并打通"传统"意义上素描与速写界限分明的划分，通过对人物或景、境、物的直接（快慢）写生，和主观创意素描表现等途径，采取快写和对慢写相交叉结合的方式来进行教学的组织和安排。

    本课程以一种全新的教学理念与思路重新组织教学，突出教学的实效与目的，以学生的能力培养为方向的教学方法的改革体现在课程具体内容的改革与安排上。它的知识结构具有一定的时代性与前瞻性，并顺应动漫、媒体艺术专业的发展规律，从课程体系的诸多方面给予学生丰富的基础能力的培养。课程体系涵盖的知识面较广，素描形式课程与素描人物的慢写、快写课程以及 "大表情"头像训练、素描创意表现等课程知识具有时代特色与前瞻性，使学生的造型基础能力和创新思维得到充分的发挥。其素描课程体系打破了传统造型学科素描课程体系的框架，有重点、有步骤，且方向明确地安排教学，真正学有所用、学以致用地打好图像与

媒体专业学生的素描造型基础。

图像与媒体专业的人物素描基础课程，是以服务专业发展方向和"大基础"之能力训练为理念，在传统造型学科的素描教学体系的基础上，逐渐形成了以人物的结构和运动规律的分析与理解为主要内容，以人物多角度和运动规律的慢写、快写为主要训练方式，以视频人物动物快写和记忆、想象、默画为辅助训练，以大量课外人物、动物速写的训练为补充，以相对快速、简洁、直观呈现的生动准确表达为目的，以创意表现为发展的总体人物素描基础课程教学思路。

基于图像与媒体专业的专业特点，素描与速写二者的教学目的本为互同，将传统速写独立单元教学方式调整为将其贯穿于素描训练的全过程，并与之交叉和互补，既最大化地彰显素描写生对于动画与媒体造型基础训练的目的与方向，又促进快写（速写）学习的有效化，以期获得共同的教学目的，即快速、准确、生动地捕捉对象以及在默写状态下想象和默画的能力。

本课程分为肖像素描慢写快写、全身素描慢写快写、素描创意三个单元。整个系列课程结构横向与纵向相互交替，环环相扣，既有连贯性又有独立性。课程中的几个系列内容具有很强的逻辑性与科学性，由简单到深入，由具象逐渐过渡到抽象的理解与表现，其中"大表情"头像素描、素描创意表现具有鲜明的专业特色和表现力，在整个课程结构中突显其课程特色和教学效果。

四、图像与媒体人物素描基础课程的具体教学计划与安排

1. 课程概述

大一新生走进大学之前，他们的素描训练几乎都是长期的全因素的单一模式，基本上难有系统的关于学理知识上的良好积累。学生只能在写生状态下作画，缺乏想象力，离开了对象就无法进行；只能画单一角度，缺乏人物在三维空间中肢体转化的想象与把握能力；只能在相对固定的时间和条件内完成作业，缺少快写（速写）训练，更缺乏应变能力。

由于图像与媒体专业的基础素描能力需要的相对特殊性，其人物基础素描不仅需要学生具备常规的长期的全因素的素描塑造能力，还需要有更广阔自由的艺术想象力和表现力，提高未来艺术创造的素养与潜能。同时更需要学生在了解和掌握人物基本解剖结构与知识后，具备快速、准确、生动地捕捉对象和描写、刻画对象的能力，具备在一定默写状态下对主观人物进行自由表现的基本功，具备对人物三维多角度动作和运动姿态的想象和默画的能力。

所以本素描课程由素描人物写生展开，以人物的解剖结构、运动规律的分析与理解为主要内容，以人物多角度和运动规律的慢写、快写为主要训练方式，以视频人物、动物快写和记忆、想象、默画为辅助训练，以大量课外人物、动物速写的训练为补充，以人物的创意表现为延伸拓展训练。并强调基础知识、规律的理解，掌握写生与表现能力的训练，强调相对短期概括与直观呈现的写生训练，打通"传统"意义上素描与速写界限分明的划分，以提升学生的绘画造型的快速表达与表现能力。

2. 课程的教学目的与任务

教学课题1：人物素描（肖像与全身）慢写、快写训练

通过对人物头部和人体的基本比例、结构、透视、动态等学理知识的

学习，课堂肖像与全身人物（多角度多视点、连续动作）的观察与直接快写和慢写的写生训练，以及大量课外人物、动物、视频图像（人物或动物）快写相辅，使学生获得有关肖像和人体内部基本构造、人体运动、透视规律的知识与能力，并获得快速、准确、生动地捕捉对象和描写、刻画对象能力的训练，获得人物动作规律和形象记忆力的训练，获得在一定默写状态下对人物动态、表情变化进行自由表现的能力，获得对人物三维多角度动作和运动姿态的想象和默画等能力的训练，最终达到磨炼其敏锐而快速准确表现对象的技能，获得与传媒动画学院与跨媒体艺术学院各专业基础需要相适应的素描基础。

教学课题2：素描创意表现

一、发挥学生的想象力，使学生开拓思维和想象的空间，增强学生学习的灵活性和目的性，并在创作的过程中，开始熟悉其过程的每个环节，从而提高学生的自主性和操作能力，提高学生整体的专业能力和素质；

二、使学生在学习素描的过程中，对素描中的感性、理性和创造性的诸因素给予充分重视，并在实践中不断平衡相互之间的关系，以期起到良性的互补和互动。

课程要求：要求学生运用素描的造型语言，创造性地表现个人所体验到的对象，侧重于绘画性的表达，拓宽视野，发挥想象，进行创意表现。

3. **教学课题1：人物素描（肖像与全身）慢写、快写**

人物素描慢写、快写训练是本课程的重点，图像与媒体专业学生的造型能力的培养，主要体现在学生对人物的快速、准确、生动的表现上，人物素描的教学紧扣图像与媒体专业的基础能力培养目标，围绕人物的骨骼结构、肌肉解剖的理解和各种人物的动态把握为内容展开教学。通过人物的头骨及头骨解剖的理解、头像的多角度表现，过渡到肢体全身的肌肉、骨骼的研究性表现，最终到着衣全身人像的动态捕捉。人物素描的慢写以头像及头部骨骼、头部肌肉解剖三位一体的训练开始，意在使学生充分理解头像的结构和解剖关系，头部各角度多视角训练，抛开全因素素描训练的长期深入观念，而以短期训练的方式加强学生的快速表现能力。人物全身快写也以结构及人体解剖分析为训练方法，使学生在最短的时间内基本理解人体结构解剖关系，并通过人物在空间中的不同动态和运动变化的观察与理解，明辨人体内在结构的本质，分析人体的比例、动态，研究人体内部构架，进而学会准确表现人物的各种动态以及结构的穿插，达到培养动漫、媒体艺术专业基础能力的教学目的，为人物的速写打下扎实的基础。速写的训练结合视频教学，可以丰富速写表现的内容和形式。

第一单元：人物头像结构分析与写生训练（慢写、快写）

本单元的学习重点是研究人物肖像内在的自然构造。从肖像的内在结构和运动规律的研习，围绕和紧扣动漫、媒体艺术专业素描基础的需要，强调结构基础知识的理解、掌握与写生实践中运用的能力训练，强调相对短期，更偏重于严谨、扎实、准确的形体简洁直观呈现的写生训练，而不过分强调常规的长期的全因素的素描习作训练。

1. 头部骨骼、头部肌肉解剖、头像三位一体的写生训练

通过对人物头部结构、透视、动态等学理知识的学习，对头部骨骼、头部肌肉解剖、头像三位一体的对比观察与写生训练，深入地观察理解和分析研究头像的内部构造和进行形体的表现训练。

三位一体的对比观察的写生训练。必能使我们获得了更为直观的人物头像内部结构如何作用于其外在的显现的理解。而这些知识的理解必将直接服务于我们如何较为准确地把握对象形体特征和写实、客观地再现视觉对象的基础造型技能的训练。

插图1　头部骨骼、头部肌肉解剖的多角度练习
作者：朱艳杰　指导教师：吴方

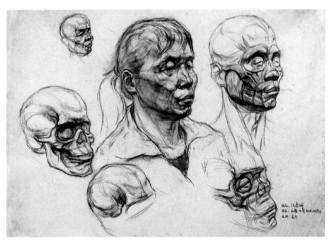

插图2　头部骨骼、头部肌肉解剖、头像三位一体对比练习
作者：江孝明　指导教师：吴方

插图3　头部骨骼、头部肌肉解剖、头像三位一体对比练习
作者：庄家琦　指导教师：吴方

插图4　德加作品

插图5　德加作品

2．多角度、多视点头像写生（正面、侧面，俯视、仰视）

通过对同一模特在空间中不同角度、不同视点的正面、侧面，俯视、仰视的动态和运动的变化进行对比观察、分析研究和训练，我们可以直观地获得关于同一肖像在空间中的形体正面、侧面，俯视、仰视关系变化后所引发的诸如结构、形体比例等在透视和形状上如何变化的知识理解，掌握人物头像在视角变化和运动状态中的特征变化以及其运动规律、透视规律，这种知识的理解必将直接作用和服务于我们磨炼敏锐而快速准确表达对象的技能。

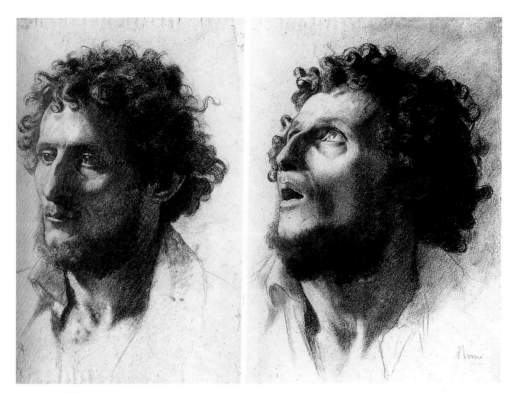

插图6 德加作品

插图7 华托作品

　　在插图4、5、6、7、8中，大师们对同一人物头像不同角度、不同朝向的严谨研究与表现，对于我们学习和素描训练有着很好的启迪。通过同一头像在空间中不同动态和运动的变化进行对比观察、分析研究和训练，是我们掌握头像在空间中的运动规律、透视规律的一种良好的训练途径。

插图9　头像多角度、多视点（正面、侧面，俯视、仰视）写生
作者：范振奇　指导教师：吴方

插图10　头像多角度、多视点（正面、侧面，俯视、仰视）写生　作者：杨伟国　指导教师：吴方

插图11　头像多角度、多视点（正面、侧面，俯视、仰视）写生　作者：孟醒　指导教师：吴方

第二单元：人物全身结构分析与写生训练（慢写、快写）

通过前阶段侧重肖像内在结构和运动规律的学习和肖像的慢写、快写写生后，本单元的素描写生训练则是以人物全身为基本内容。目的是在积累和掌握了一定的关于人物内在形体的骨骼、肌肉解剖以及基本比例、结构、透视、动态等规律的学理知识的基础上，通过对模特及人体骨骼、人体肌肉解剖的同步对比观察的慢写把握，模特同一动态多角度、同一模特不同动态的慢写、快写，并以视频人物动物快写和记忆、想象、默画等训练作为辅助，并以课外大量的人物、动物快写训练相结合的方式，磨炼学生快速、准确、生动地捕捉和描写、刻画对象的能力。

本单元的人物素描作业强调的侧重点是：

人物形体的基本比例、结构、动态、运动、透视变化规律的理解与把握，而不在于常规的长期的全因素的素描习作训练，并要求以较快速的、线性为主的、简洁直观的方式表现对对象基本形体大关系的理解与把握。

1．人物模特与人体骨架同步对比理解写生

通过对人体结构、透视、动态等学理知识的学习，对人物模特与人体骨架同步对比观察理解与写生，深入地观察理解和分析研究人体的内部骨骼构造和进行人物形体动态的表现训练。

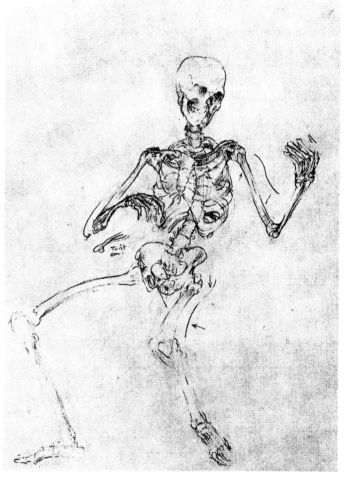

插图12　大师素描作品与人体骨骼的对比理解

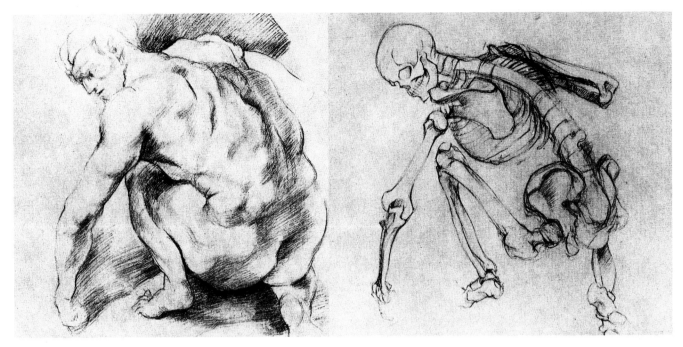

插图13　大师素描作品与人体骨骼的对比理解

插图14　人物模特与人体骨架的同步对比
理解写生
作者：付少鹏　指导教师：吴方

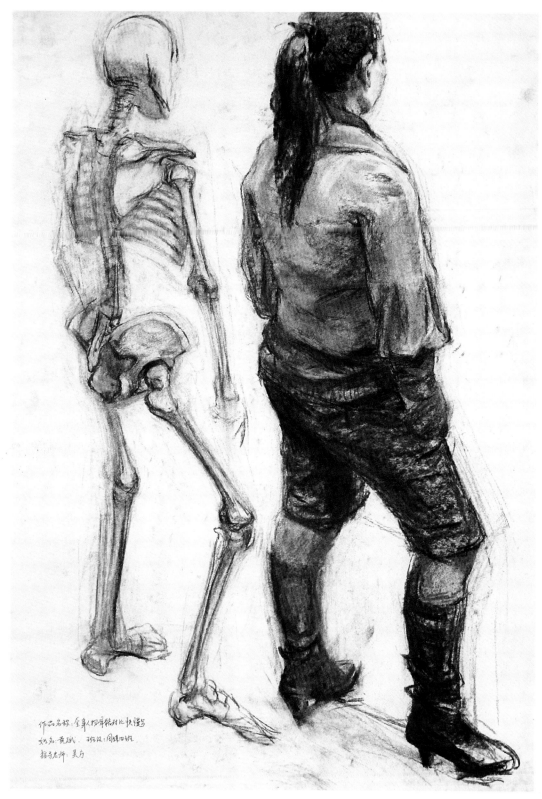

插图15　人物模特与人体骨架的同步对比理解写生　作者：黄斌　指导教师：吴方

2．同一模特同一（或不同）动态多角度多视点写生

通过对同一模特在空间中不同角度、不同视点的正面、侧面，俯视、仰视的动态和透视的变化进行对比观察、分析研究和训练。我们可以直观地获得关于同一对象在空间中的形体正面、侧面，俯视、仰视关系变化后所引发的诸如结构、形体比例等在透视和形状上如何变化的知识理解，掌握同一人物在不同视角的变化特征以及其透视规律的掌握。

插图16
德加作品

插图17
门采尔作品

插图18　同一模特同一（或不同）动态多角度多视点写生　作者：徐志彬　指导教师：吴方

　　人物同一（或不同）动态多角度多视点的直观快写捕捉，是磨炼我们敏锐、快速、生动、准确地表达对象技能的一种途径和手段。通过对大师作品的赏析，我们的学习不应仅停留在表现技法层面，还应学习大师那种严谨、求实的研习态度。

插图19 同一模特同一（或不同）动态多角度多视点写生 作者：彭巧双 指导教师：施乐群

插图20 同一模特同一（或不同）动态
多角度多视点写生
作者：郑甜 指导教师：王晓明

插图21　同一模特连续动作多角度多视点写生　作者：李蓉蓉　指导教师：王晓明

3. 同一模特连续动作多角度多视点写生

同一模特连续动作多角度多视点写生，使我们理解和掌握人物在空间中一个动作的起始、连续线性的发展变化规律。这些知识的理解必将直接作用和服务于我们磨炼敏锐而快速准确表达对象的技能。

插图22　同一模特连续动作多角度多视点写生
作者：章浩翔　指导教师：王晓明

第三单元：视频人物、动物快写和记忆、想象、默画训练
课堂课外人物或动物快写训练（速写）

打通"传统"意义上素描与速写界限分明的划分，将本单元的教学内容与前两个单元进行"插花式"的穿插实践，采取快写和相对慢写交叉结合的方式来进行教学的组织和安排。将传统速写独立单元教学方式调整为将其贯穿于整个素描训练的全过程，并与之交叉和互补，既最大化地彰显素描写生对于动画与媒体造型基础训练的目的与方向，又促进快写（速写）学习的有效化，以期获得共同的教学目的，即快速、准确、生动地捕捉对象和表现对象，以及在默写状态下想象和默画的能力。

课堂人物快写（速写）的重点是解决知识、目的与方向上的问题，而量的积累则依赖于大量课外作业的补充。建立在对人物的内在结构和动态运动规律理解基础上，通过课堂人物（多角度、多视点）、视频人物或动物录像的直接快写（速写）写生、通过想象默写和记忆默写等途径的训练，再辅以大量的课堂与课外的人物或动物快写（速写）练习，培养学生对客观对象快速简洁、直观准确的形体呈现能力，由"慢"求"通"，由"生"到"熟"，以"量"求"质"。

丰富的影像资料和视频的快写教学，事实上可以为我们弥补课堂模特所无法满足的种种遗憾与不足，无论是人物的形象与动态的生动性，或是运动规律和连续动作的理解和写生的可行性、不同内容情景的差异性等等，都是课堂环境或模特所无法达到的。它既可以活泼传统课堂写生模式，又提供了可行而丰富生动的写生素材。对此项练习，建议可采用定格、逐帧定格、慢放、回放等方式进行直接快速写生或记忆默画训练。

另外，快写（速写）训练虽然强调速度，但在平时练习中，我们还是应该避免单一、固定、僵化的训练模式。无论是在方式上、形式上、内容上都应该更具有针对性、丰富而具体的体现，须将慢写的研习、快写的捕捉、单体和动作连续、动与静、记忆和默画、整体及局部、视频录像写生、单人与双人多人组合等练习有机地穿插联系起来。通过课堂人物形体的基本结构和比例、动态运动规律的慢写研习，再到建立在快写方式上的多形式和多途径的量的训练，才能使我们的学习获得较快和有效的进步，且其结果不仅能满足图像与媒体艺术专业人物素描基础学科意义的需要，并将引领我们步入更广阔开放的自由空间，使速写对我们本体思维的敏捷性、记忆形象的恒久性、表现手法的多样性、技法探索的研究性、艺术追求的自我性等能力方面的培养作用得以彰显。

插图23　门采尔作品

插图24　门采尔作品

插图25　门采尔作品

插图26　华托作品

插图27　视频人物快写（速写）练习
作者：郑冉阳　指导教师：毛静

插图28　课外人物快写（速写）练习　作者：王园园　指导教师：吴方

插图29　课外动物快写（速写）练习　作者：孙含星　指导教师：吴方

4．教学课题2：素描创意表现

传统的写实素描是以视觉观察的客观事物为内容，基本上是客观现实对象的再现性描述：通过对客观事物的观察，以不同的绘画语言和表现手法对对象的诸多因素和关系的塑造，虽然从手法、材料上进行着拓展，但表现出的是眼睛所见的物象的再现性描述。素描训练作为造型基础能力培养的重要手段，不仅注重对对象的再现性描述技能的训练，还应注重对学生个体情感体验与创意性表达的培养。创造性思维是艺术活动的动力，由于它不像绘画语言那样具有可视性，人们往往在基础训练中忽视它的存在，忽视了这种创造精神的力量。图像与媒体专业学生受专业发展方向的影响，除了要具备人物素描的快速表现能力，更应具备人物的创意表现和画面的创意思维表达能力。

素描创意表现是以现实生活、生活中的人或存在之物象为依据，通过主观的内心感受来构成画面形象，这些形象可以是人物的夸张、变形和扭曲，形成相互分离或不连贯的感觉表现；也可以是想象的超现实的梦幻境界；还可以是重组构形的抽象元素；或者微观世界的宏观表达等等。所有这些表现都通过材料与手法的深层次拓展，融入个人情感的感悟与思维的敏锐创意，以素描的语言表达出来。素描创意训练的课程即旨在培养学生对个体生存体验的感知，运用素描的造型语言，创造性地表现个人所体验到的对象。这是对基础性的写生素描的一种补充与拓展，有利于培养学生较为全面的素描基础能力。

素描创意表现是一个非常宽泛的概念，每个学生可以有自己不同的理解，可以选取的题材也是无穷的，但基本的要求是源于生活，这样才会有真情实感。其次，作为素描范畴中的创意，有别于诸如平面设计中的创意，还是侧重于绘画性的表达，而不只是一个想法。本课程设计了两方面的内容，包括肖像的创意表达和自由选题的创意表达。前一方面内容和写生素描相衔接，便于学生进入，后一方面旨在拓展学生的思路。当代艺术实践开拓了素描的内容与表现形式，也为学院艺术教育提供了启示。这个课程通过创作体验的方式，让学生学习并开始接近当代艺术，扩展了他们的艺术视野。

而作业中着重强调对有鲜活生动的视觉对象的审美感受，敢于强化，勇于表现。强调要努力去探索、尝试、拓展和丰富个体表现手段与语汇的训练。强调工具材料的适合和恰当的综合运用能力，鼓励尝试和探索表现语汇和手段的个性化和多元化。画面完整，有一定的画面构成形式感和现代感，即如何把个体的想象与感受及表现意图通过图的形式得以有效适合的表达。

通过这些有别于常态肖像素描的训练，以求使我们获得更广阔自由的艺术想象力和表现力的培养，使我们的基础训练提高到以自然为前提的具体与抽象、再现与表现、感情与理性相结合的高度。让学生的选择、感觉、判断的直觉都参与到素描的训练中，使在画面上发生的，不只是视觉表象的记录，它还应当传达出其对内在真实的揭示和一种新的艺术生命的召唤。

在此过程中，我们应做好以下几方面的训练：

（1）拓宽视野，丰富学生的想象力，"让思维插上翅膀"；

（2）培养"非正常"的观察方法，以独到的、独特的视角重新审视生活及生活中的事物；

（3）构图及点线面、黑白灰等元素的合理运用与表达；

（4）认识不同媒材的表现与技法实验，使学生找到真正适合自己表达的媒材；

（5）挖掘内心世界的复杂元素，把"心象"转化为"图像"；

（6）各种心理思考与手段的自由运用（①反逻辑的；②嫁接不相干的人、事、物；③物体的局部变形、夸张与重构；④联想；⑤错位；⑥变异；⑦狂想；⑧梦境；⑨混乱；⑩拟人化）。

本课题的训练主要是从以下两个单元的练习来展开的：第一单元内容和写生素描相衔接，便于学生进入；第二单元旨在拓展学生的思路。当代艺术实践开拓了素描的内容与表现形式，也为学院艺术教育提供了启示。这个课程通过创作体验的方式，让学生学习并开始接近当代艺术，扩展了他们的艺术视野。

第一单元：人像的创意表现

人像的"大表情"夸张表现和人像的自由表达。

人像的"大表情"夸张表现和自由表达是以人像的形体结构关系为基础的，即素描造型的能力基础。写生素描是这一课题的必备条件，具备了写生素描的能力，强调学生对于生动形象的视觉审美感受，强化表现，并努力探索、尝试、拓展和丰富个体表现手段及语言的多元化、个性化，使画面具有构成形式感和现代感。人像的解剖、透视等知识在人像"大表情"的训练中并没有被抛弃，而是通过夸张的手法得到新的诠释和运用，看似轻松或"变态"的人像却是建立在对人像内在结构及运动关系的理解中，并根据一定的规律进行变化和组合的，不同的比例及透视关系的个性化运用增加了画面的视觉效果和张力。通过这些有别于常态的素描人像训练，可以使学生获得更为广阔自由的艺术想象力和表现力的培养，使我们的基础训练提高到以自然为前提的具体与抽象、再现与表现、理性与感性相结合的高度，使画面所表达的不只是视觉表象的记录，而应传达出其对内在真实的揭示和一种新的艺术生命的召唤。

插图30　人像的"大表情"夸张表现　作者：刘颖超　指导教师：吴方

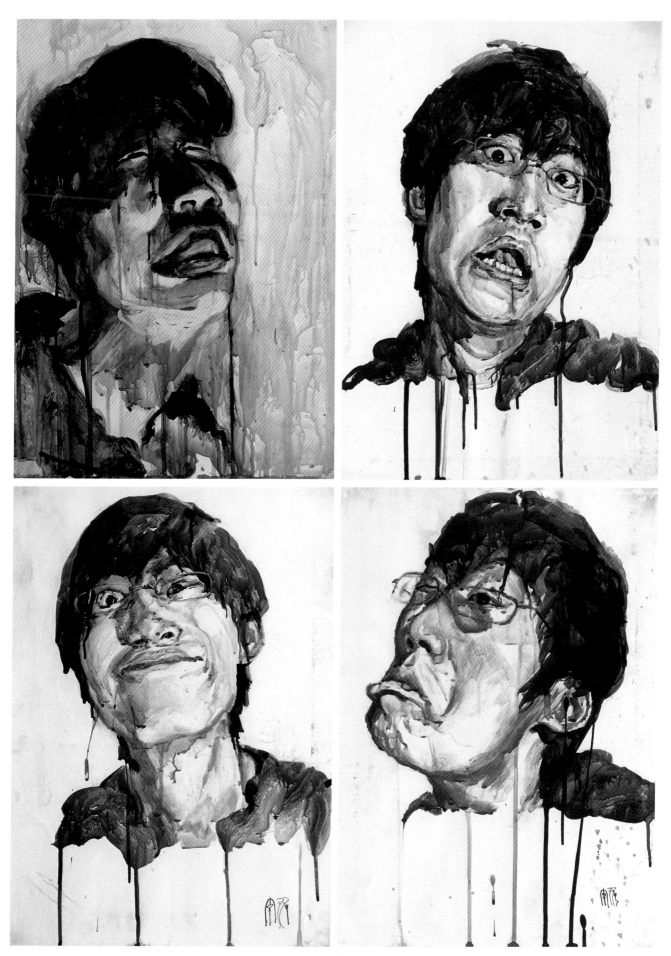

插图31　人像的"大表情"夸张表现　作者：李翀　指导教师：王晓明

第二单元：创意思维综合训练（各种心理思考与手段的自由运用训练）

1．人物创意联想

　　通过对身边事物的反逻辑的、拟人化的、混乱的、错位的、错觉的、变异的等等各种联想、狂想；或通过物体的局部变形、夸张、重构；或嫁接不相干的人、事、物，产生具有丰富效果和形式构成关系的现代感的画面。在这个课题的训练中，强调材料的多元化运用、表现手段的大胆尝试，抛开具体事物、具体形的束缚，利用不同的工具材料，表达出不同的想象空间与质感，在不同的心理思考和手段的自由表达下展现出另一种图像、另一种画面和另一种视觉可能。

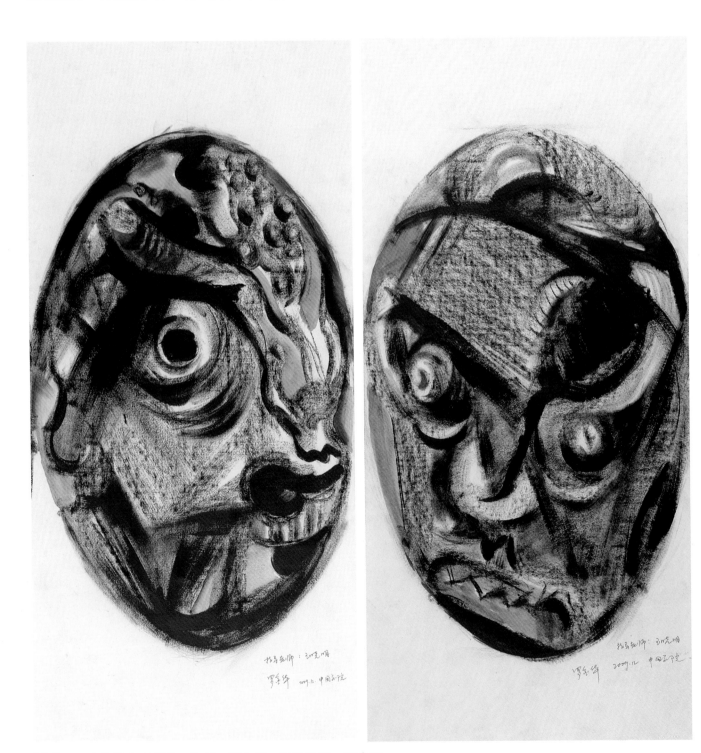

插图32　人像的自由表达　作者：罗金华　指导教师：王晓明

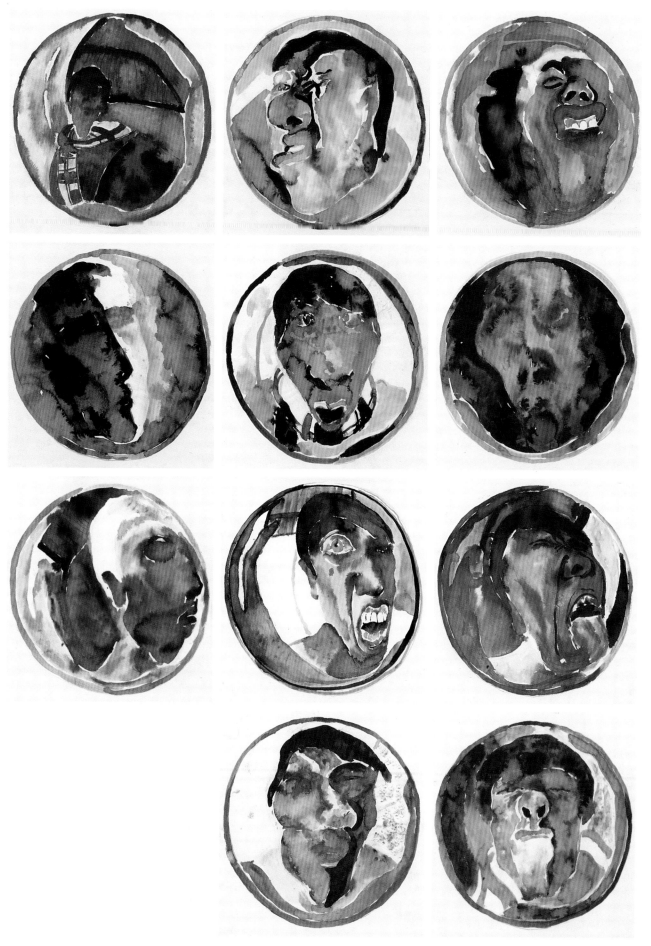

插图33　人像的自由表达　作者：王志鹏　指导教师：王晓明

插图34　人物创意联想　作者：李任芮　指导教师：蒋梁

2. 主题性表现

以主题创作的方式，运用各种素描表现的手法、媒材进行综合表现。强调画面构图构成的形式美感，以及画面场景的独特性、画面情景的生动性表达，并以创意思维为绘画表现的中心，运用各种素材和图形、图像表达出具有创造力的形象。创意思维是以超凡、新颖、天马行空的方法解决问题的思维过程，也是一种创造新事物或新形象的思维过程，善于应用创意思维进行思考并处理画面的能力是现代美术学院学生应该具备的能力，是学生能真正解放思想进入创作表现的必经之路。主题创意表现可以由教师命题，通过课堂讨论来确定每一个学生的表现内容、方向、手法以及媒材运用，也可以由学生自主命题，在课堂上先用语言表述其思维的创意及表现的手法和材料。通过这个课题的训练，学生能较为自然地运用形式语言的知识合理构图、处理画面，并获得更高层次的艺术想象力和创造表现力。

插图35　主题性表现　作者：丰风　指导教师：毛静

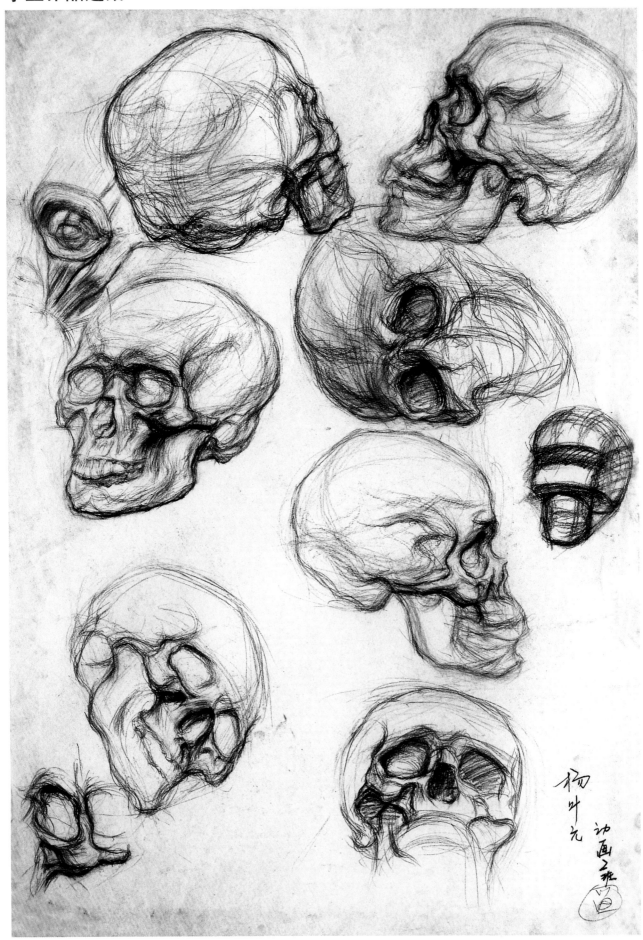

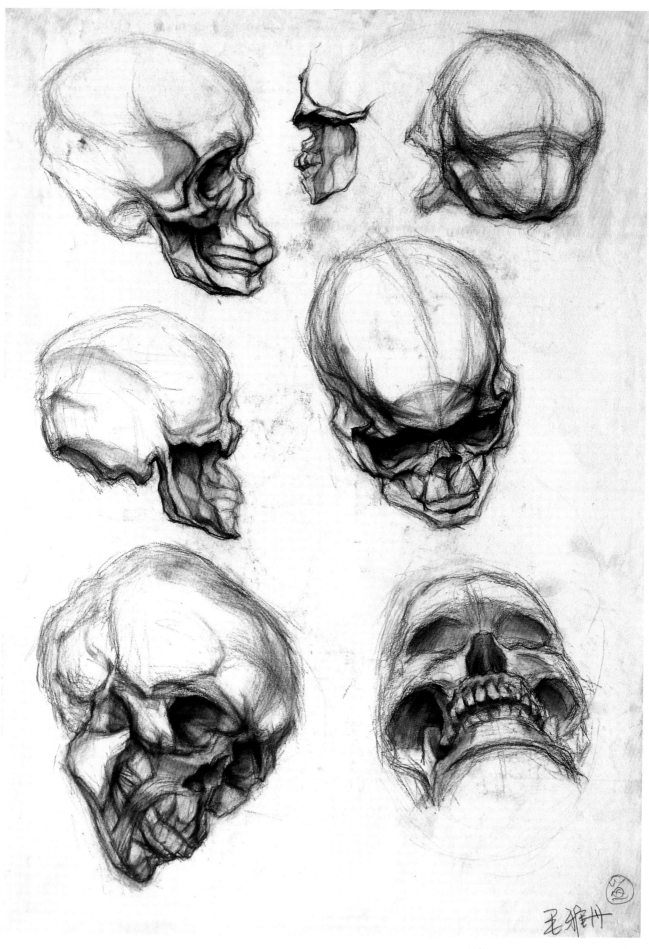

作者：毛雅丹　指导教师：吴方

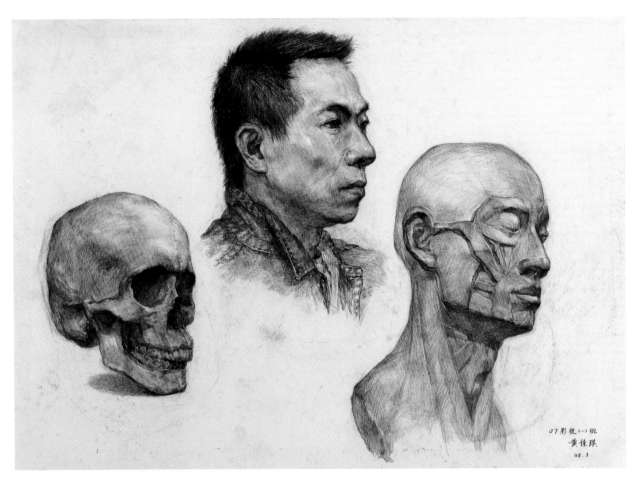

作者：黄佳琪　指导教师：蒋梁

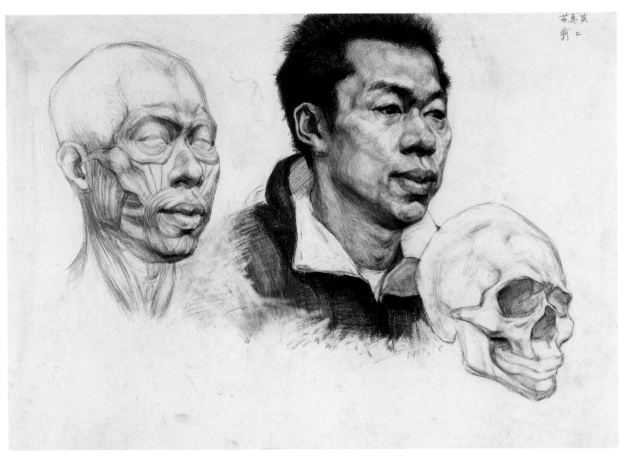

作者：苏惠英　指导教师：刘妍

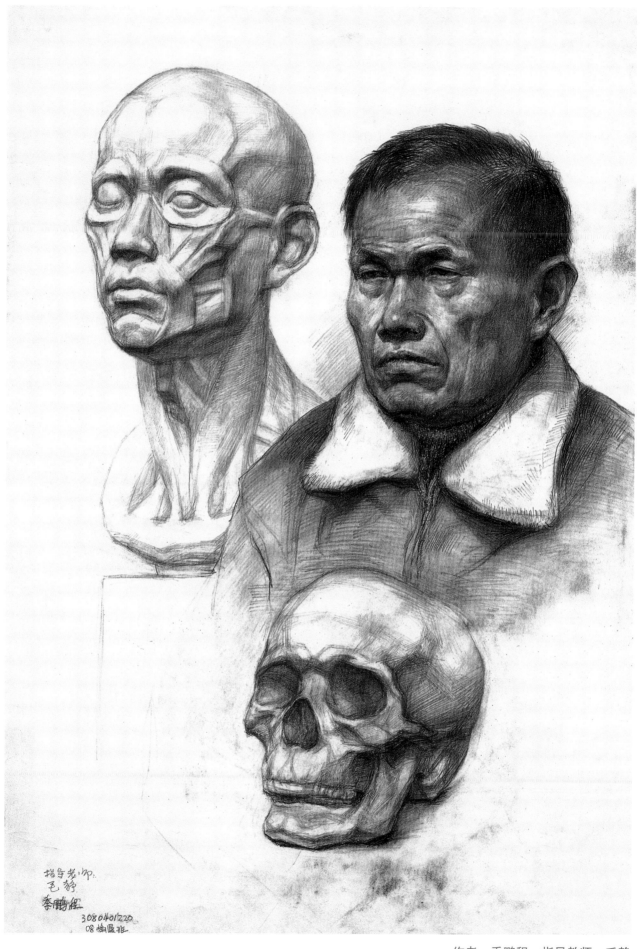

指导老师:
毛静

季鹏程

3080401220
08 插画班

作者:季鹏程　指导教师:毛静

作者：唐蛟　指导教师：吴方

作者：叶田媛　指导教师：古榕

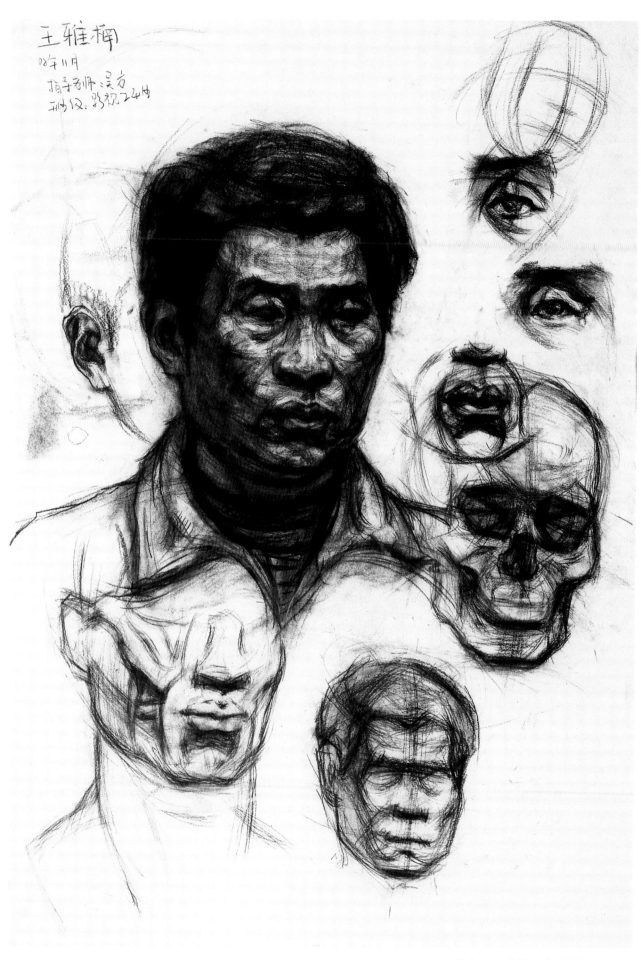

王雅楠
08年11月
指导老师：吴方
机构：路祝24中

作者：王雅楠　指导教师：吴方

作者：肖蔺莉　指导教师：毛静

作者：单文洁　指导教师：蒋梁

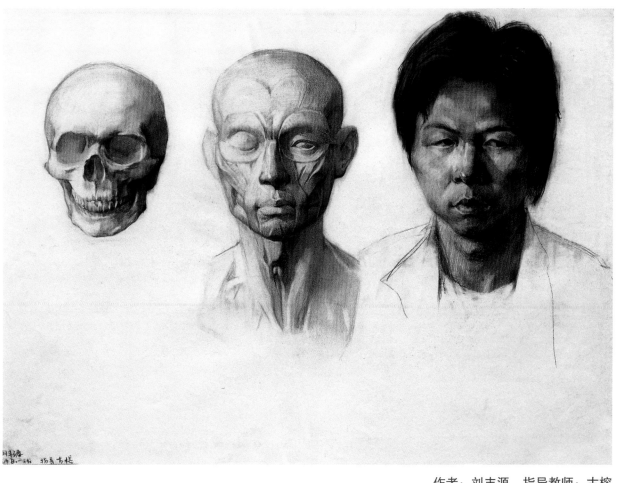

作者：刘丰源　指导教师：古榕

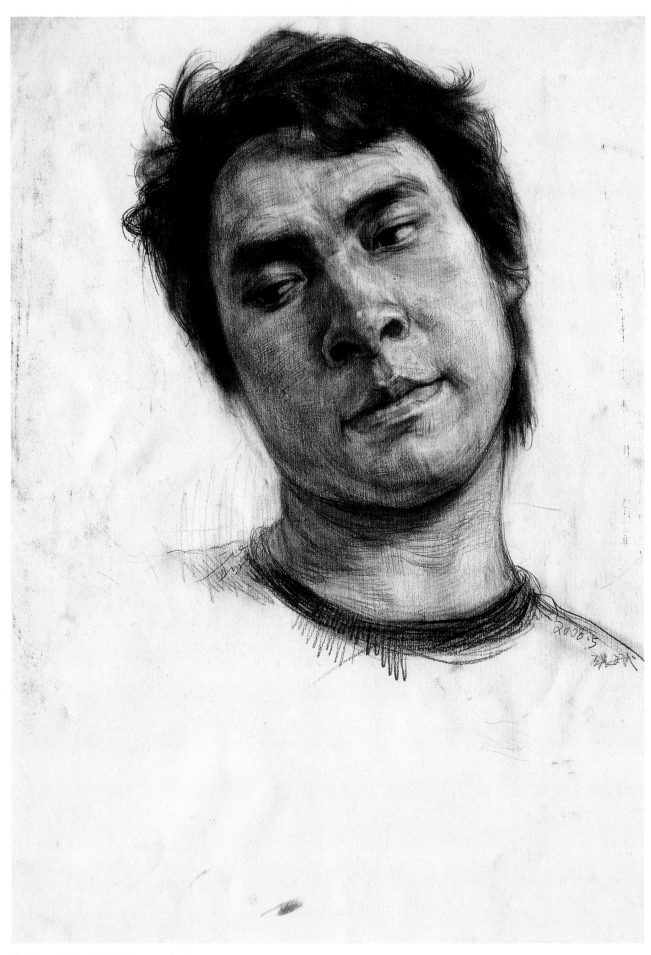

作者：张斌　指导教师：王晓明

作者：范振奇　指导教师：吴方

作者：庄家琦　指导教师：吴方

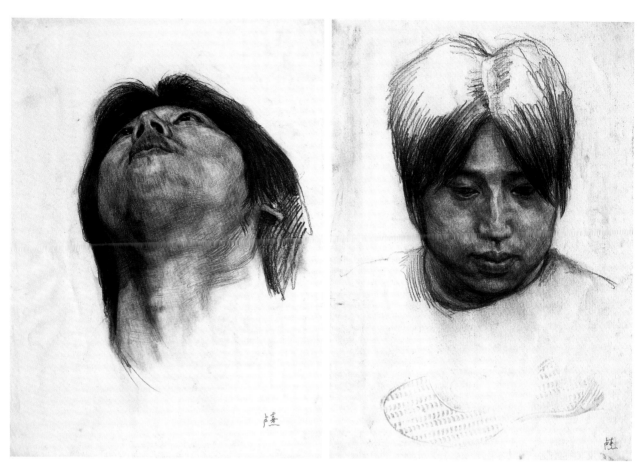

作者：卢熹　指导教师：王晓明

作者：李柏华　指导教师：刘妍

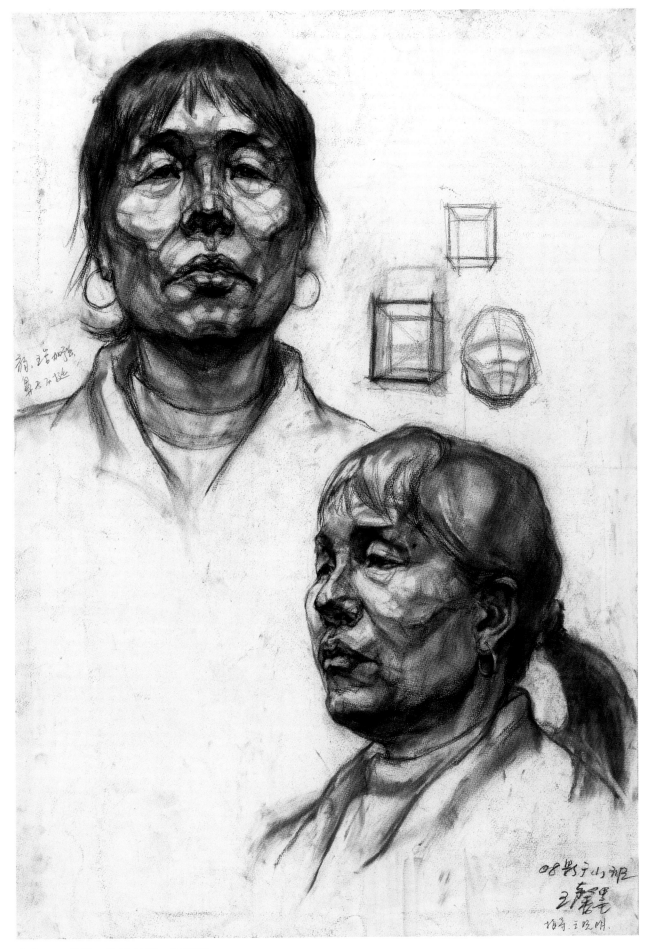

作者：王馨墨　指导教师：王晓明

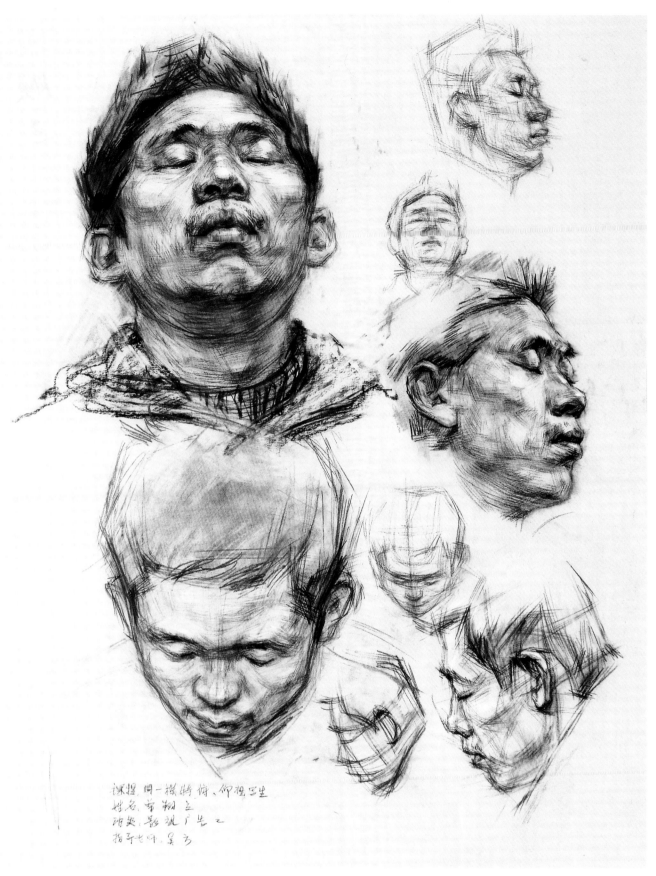

课程：同一模特俯、仰视写生
姓名：曾翔立
班级：影视广告 2
指导老师：吴方

作者：曾翔立　指导教师：吴方

作者：孙丽芳　指导教师：蒋梁

作者：范振奇　指导教师：吴方

作者：江孝明　指导教师：吴方

作者：杨伟国　指导教师：吴方

作者：孙含星　指导教师：吴方

作者：李杨策　指导教师：吴方

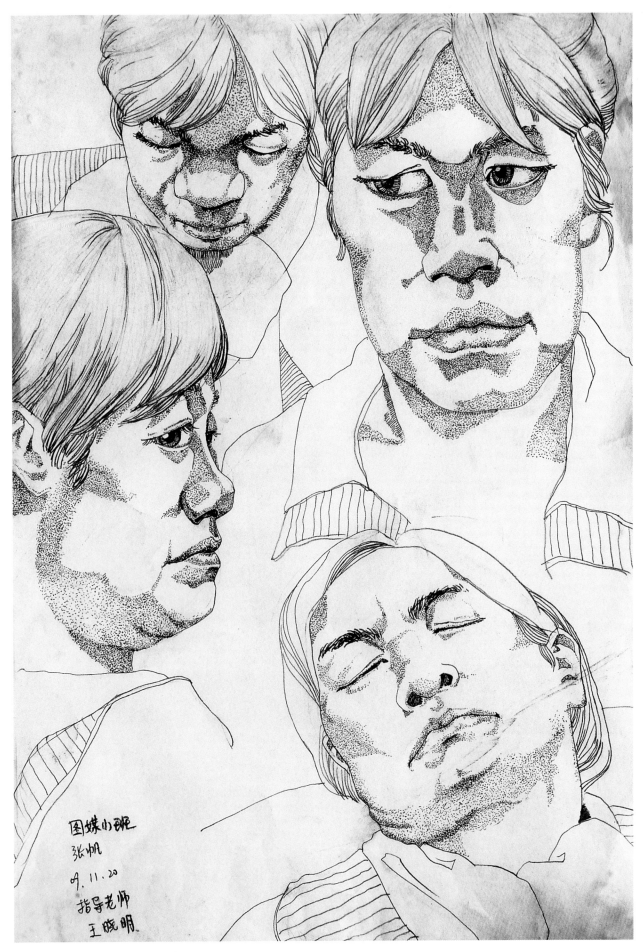

作者：张帆　指导教师：王晓明

作者：吴怡璇　指导教师：古榕

作者：杨珂　指导教师：吴方

全身人物骨骼对比快慢日

孙含星　国画4班

指导老师：吴方

作者：孙含星　指导教师：吴方

作者：孟醒　指导教师：吴方

作者：杨颉　指导教师：刘妍

作者：李蓉蓉　指导教师：王晓明

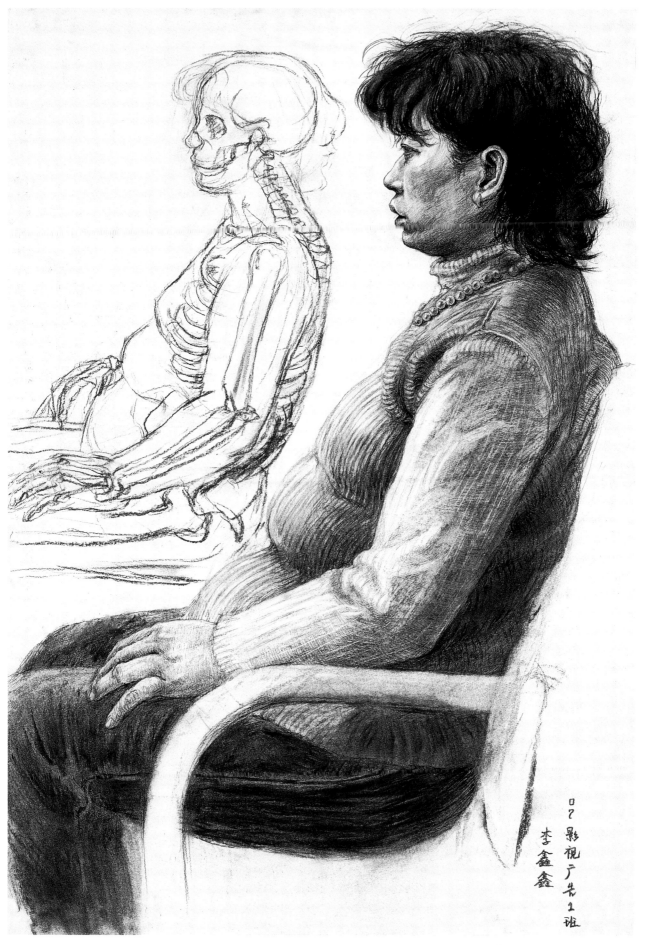

口己 影视广告 2 班
李鑫鑫

作者：李鑫鑫　指导教师：蒋梁

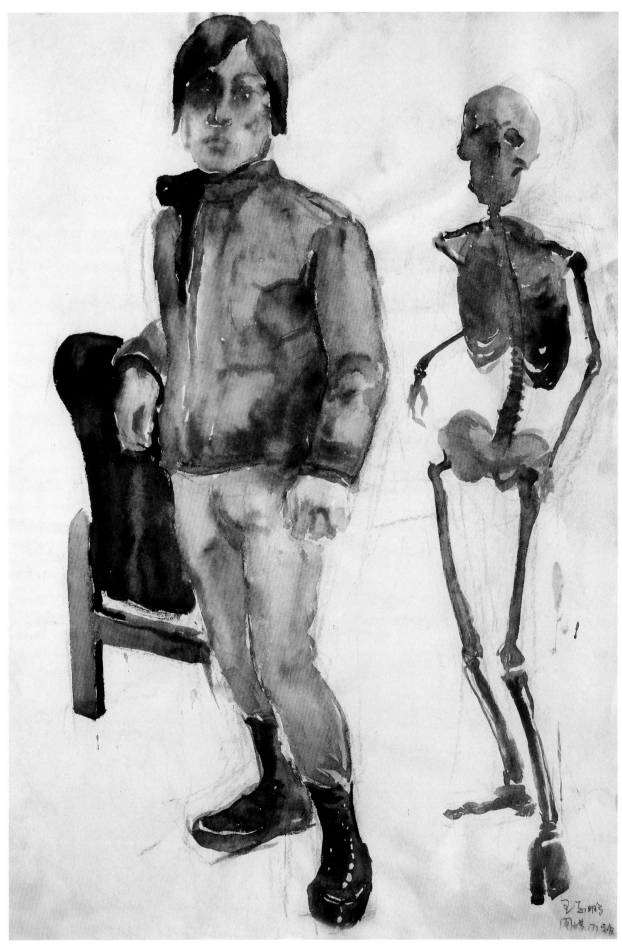

作者：王志鹏　指导教师：王晓明

作者：帖志超　指导教师：孟舒

作者：傅睿斯　指导教师：吴方

作者：杨钰　指导教师：吴方

作者：陈奕宸　指导教师：孟舒

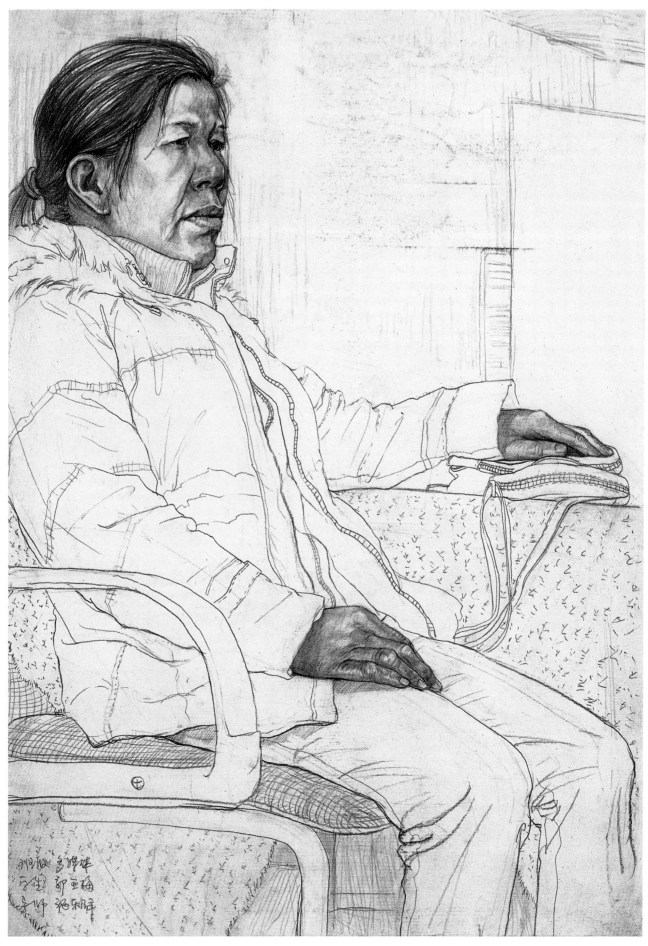

作者：郭亚梅　指导教师：施乐群

作者：庄家琦　指导教师：吴方

作者：万金双　指导教师：孟舒

作者：郭薇　指导教师：许亦多

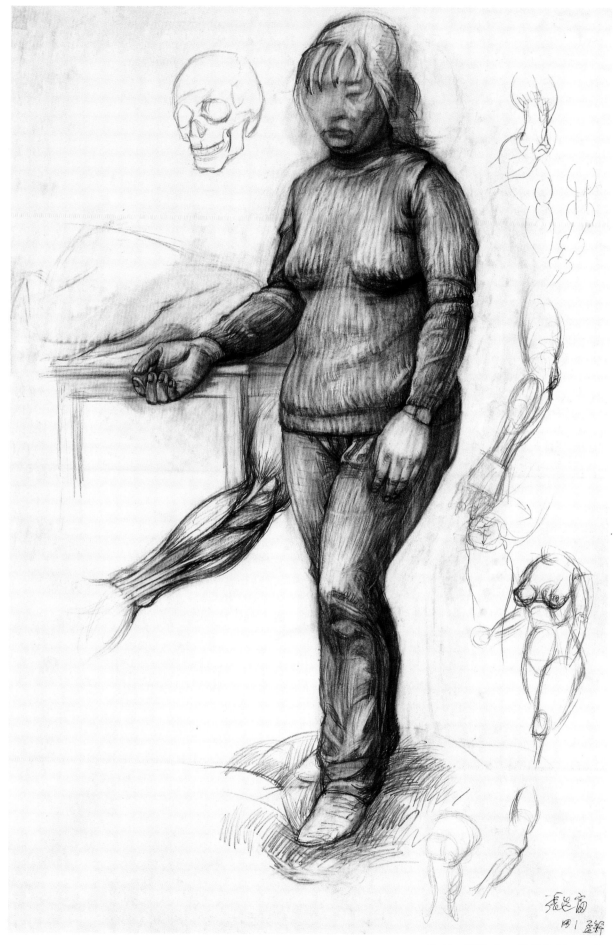

作者：张选富　指导教师：孟舒

作者：王剑　指导教师：吴方　　　　　　　作者：毛雅丹　指导教师：吴方

KJ·Lee
11.28

作者：李袁进　指导教师：施乐群

作者：朱冬洁　指导教师：施乐群

作者：杜蕴坤　指导教师：吴方　　　　　　　作者：吴既君　指导教师：毛静

作者：付斌　指导教师：古榕

作者：赵含嫣　指导教师：吴方

作者：刘丰源　指导教师：古榕

作者：崔太伟　指导教师：施乐群

作者：沈宁宁　指导教师：毛静　　　　　作者：莫墨　指导教师：毛静

作者：刘丰源　指导教师：古榕　　　　　　　　　　　　　作者：莫墨　指导教师：毛静

作者：吴既君　指导教师：毛静

作者：张京华　指导教师：王晓明

作者：付少鹏　指导教师：吴方

作者：王园园　指导教师：吴方

作者：江孝明　指导教师：吴方

作者：刘之婧　指导教师：吴方

作者：张青　指导教师：王晓明

作者：张青　指导教师：王晓明

作者：李蓉蓉　指导教师：王晓明

作者：郑甜　指导教师：王晓明

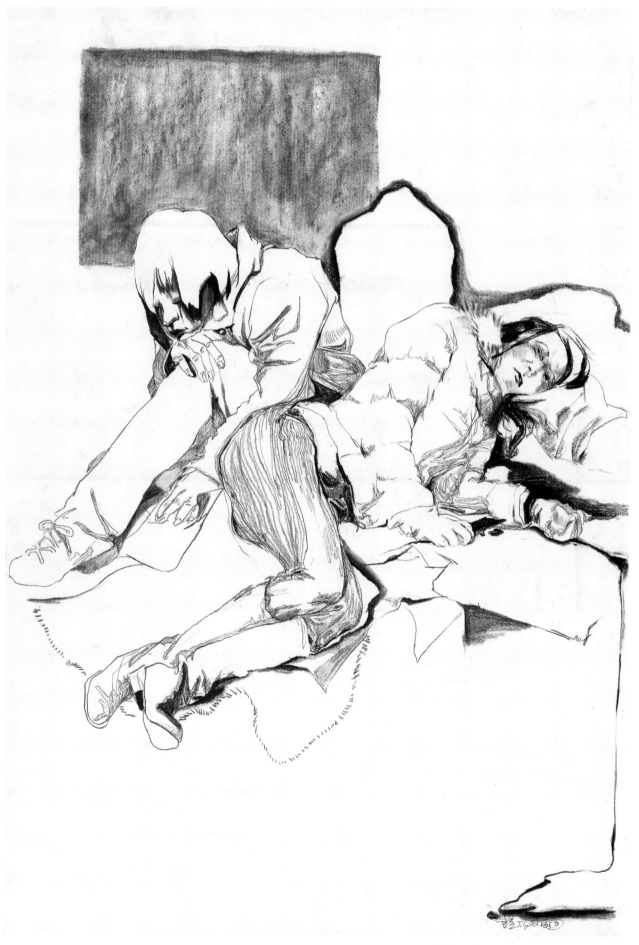

作者：彭巧双　指导教师：施乐群

作者：邵琳　指导教师：王晓明

作者：文炜钧　指导教师：吴方

作者：孙含星　指导教师：吴方

作者：陈禹羲　指导教师：古榕

作者：廖建芬　指导教师：古榕

作者：林怡晓　指导教师：王晓明

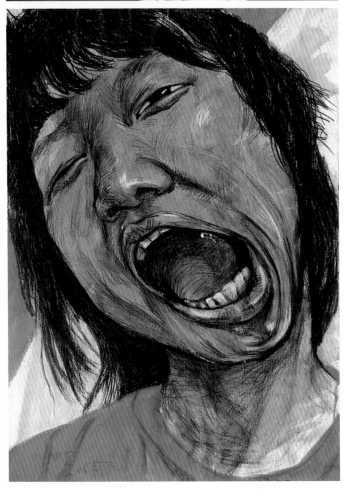

作者：朱兆月　指导教师：吴方

作者：贾帅　指导教师：吴方

作者：张帆　指导教师：王晓明

作者：杨阳　指导教师：吴方

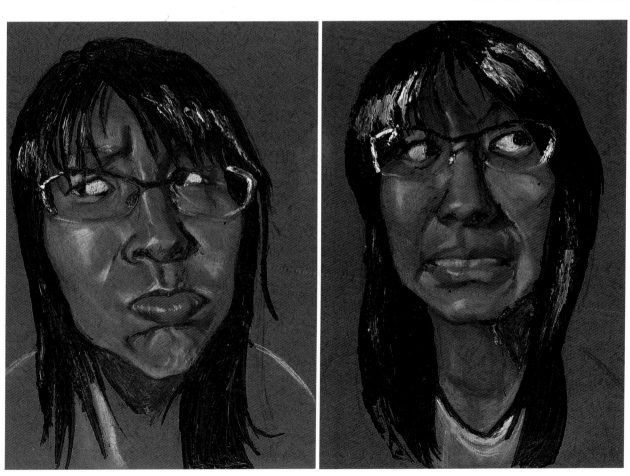

作者：冯雨薇　指导教师：吴方

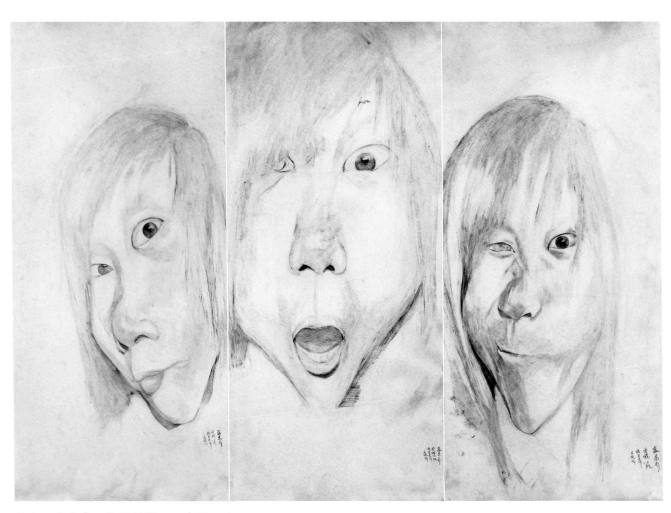

作者：蓝素青　指导教师：王晓明

作者：奚雷　指导教师：王晓明

作者：吴既君　指导教师：毛静

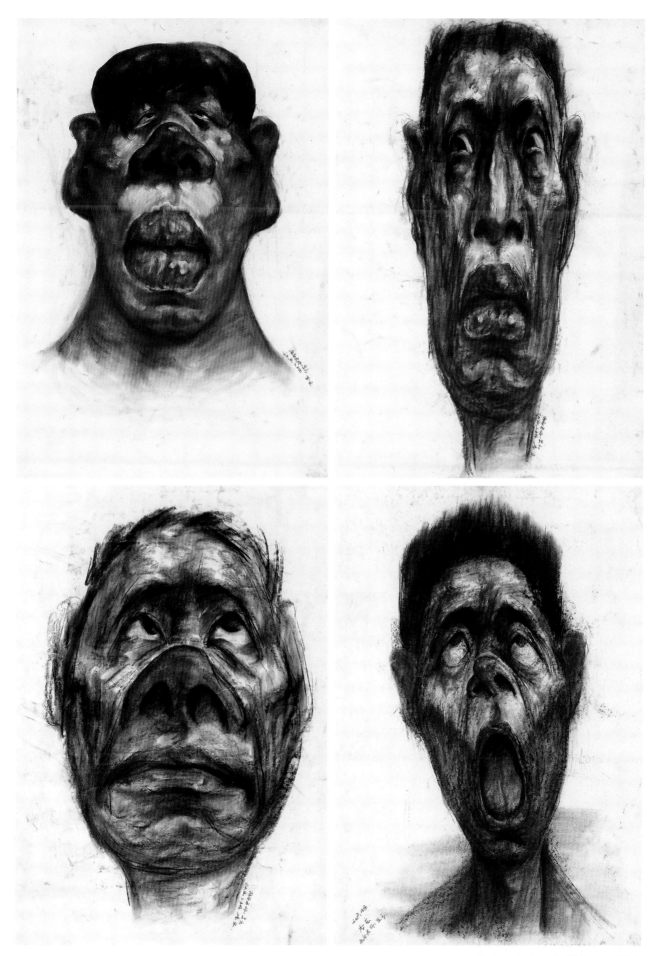

作者：李宏　指导教师：吴方

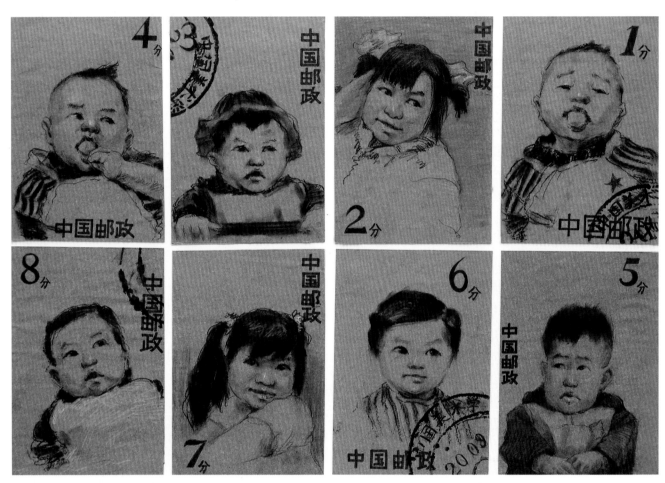

作者：付斌　指导教师：古榕

作者：李建波　指导教师：吴方

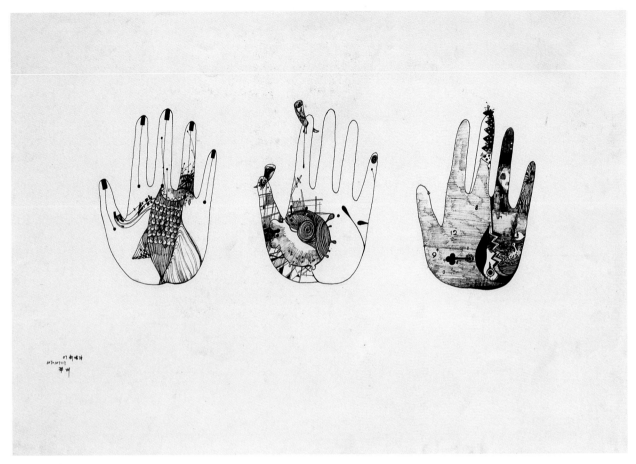

作者：邵妍　指导教师：曹立伟

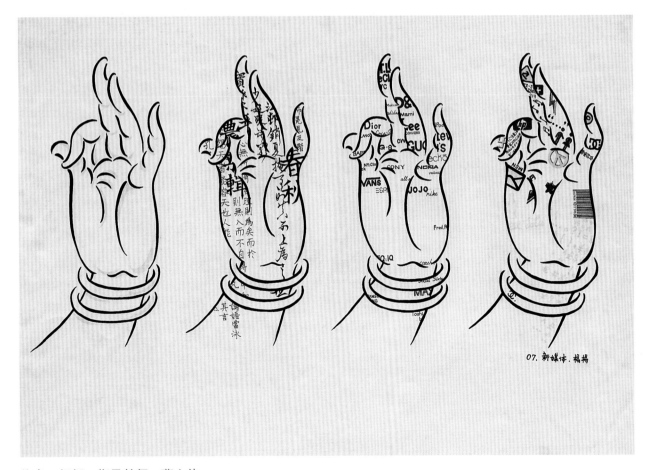

作者：杨杨　指导教师：曹立伟

作者：哈里玛　指导教师：吴方

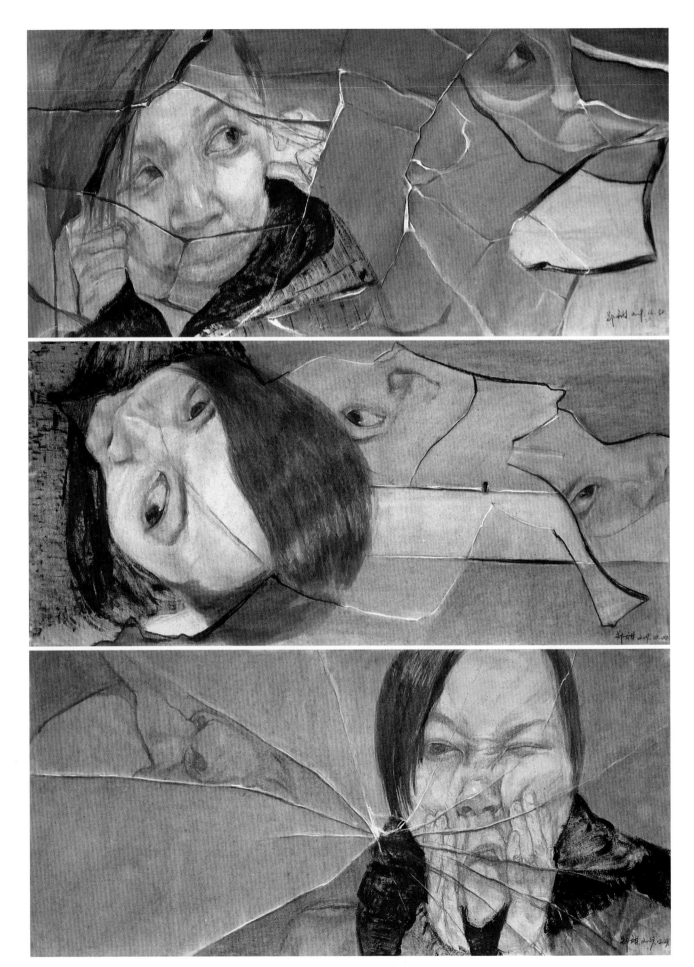

作者：郑甜　指导教师：王晓明

作者：罗金华　指导教师：王晓明

作者：徐卓君　指导教师：王晓明

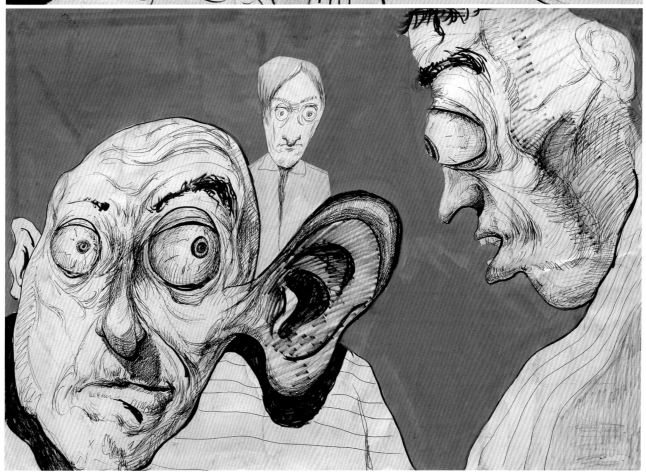

作者：王旭骏　指导教师：吴方

作者：牛芊　指导教师：吴方

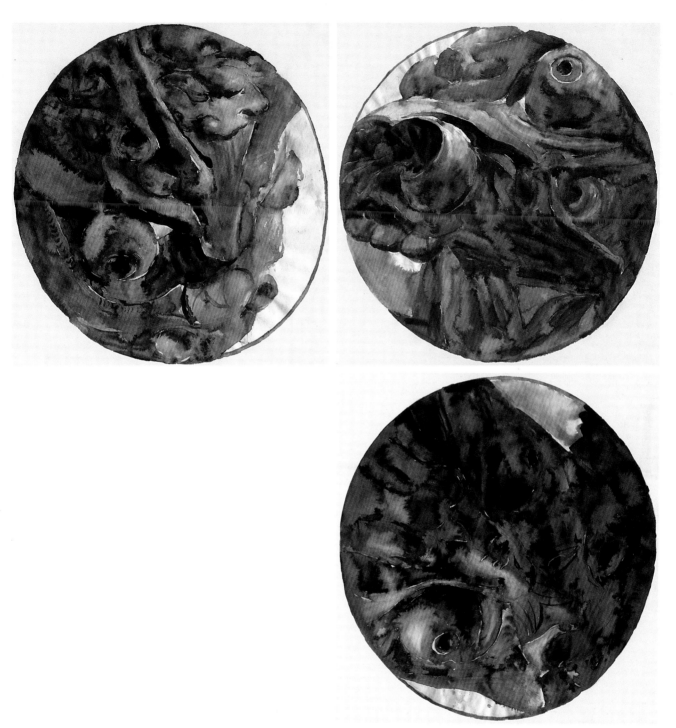

作者：王志鹏　指导教师：王晓明

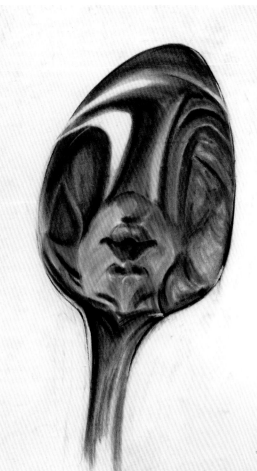

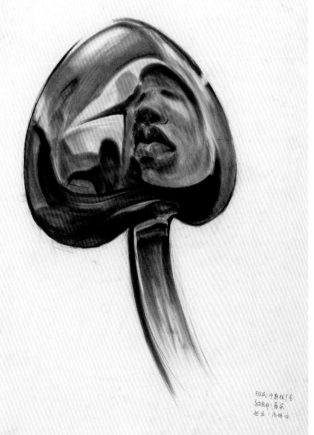

作者：尚姝云　　指导教师：蒋梁

作者：李楠　指导教师：蒋梁

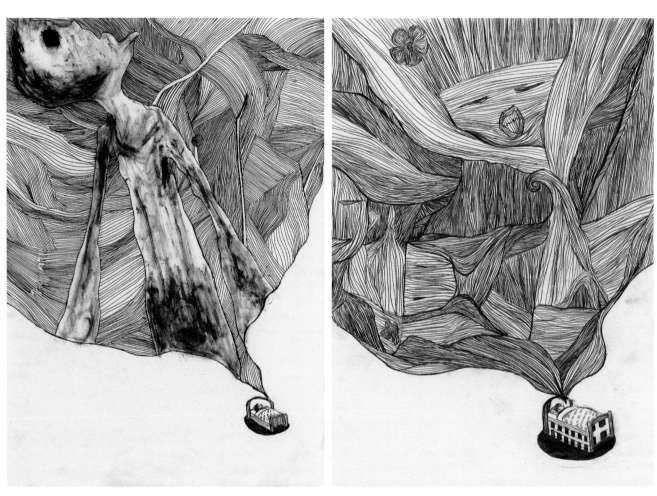

作者：刘梦园　指导教师：王晓明